Y Réserve.

Ye   4271

POESIES

DE
MADAME
LA COMTESSE
DE LA SVZE.

A PARIS,

Chez CHARLES DE SERCY, au Palais, au
sixiéme Pilier de la Grand' Salle, vis à vis la
Montée de la Cour des Aydes, à la Bonne-
Foy couronnée.

M. DC. LXVI.

AVEC PRIVILEGE DV ROY.

Extrait du Priuilege du Roy.

PAr Grace & Priuilege du Roy, Donné à Paris, le 30. jour de Novembre, l'an de grace mil six cens soixante-deux. Signé, Par le Roy en son Conseil, PVCELLE Il est permis à Charles de Sercy, Marchand Libraire à Paris, d'imprimer, ou faire imprimer tous les Ouurages de Madame la Comtesse de la Suze, en vn ou plusieurs Volumes, en telle marge & caractere, & autant de fois que bon luy semblera, pendant le temps & espace de dix années, à compter du jour & datte que lesdits Ouurages seront acheuez d'imprimer pour la premiere fois : Et defenses sont faites à toutes personnes de quelque qualité & condition qu'elles soient d'imprimer, ou faire imprimer, lesdits Ouurages, sans le consentement de l'Exposant, ou de ceux qui auront droict de luy, à peine de quatre mil liures d'amende, & de tous despens, dommages & interests, ainsi que plus au long il est porté audit Priuilege,

Regiftré sur le Liure de la Communauté le 7. Decembre 1661. Signé, I.DV BRAY. Syndic.

Acheué d'imprimer pour la premiere fois le 3. Decembre 1665.

Les Exemplaires ont esté fournis.

POESIES

DE MADAME
LA COMTESSE
DE LA SVZE.

ELEGIE I.

ELLE & sage Daphné, merueille de nos
    jours,
Que toutes les Vertus accompagnent
    toûjours,
Et qui connois si bien leurs graces naturelles,
Que tu n'as iamais pris leur fantôme pour elles;
Illustre & chere Amie, à qui dans mes malheurs
I'ay toûjours découuert mes secretes douleurs,
Qui sçais ce que l'on doit ou desirer, ou craindre,
Et qui ne blâmes pas ce qu'on ne doit que plaindre,

A

Ecoute mes ennuis, foulages-en le fais,
I'ay bien plus à te dire aujourd'huy que iamais,
Et tes prudens confeils tant de fois falutaires
Ne me fçauroient iamais eftre plus neceffaires.
Defends ma liberté, ma Daphné, ie combas
Vn Dieu dont i'ay fouuent méprifé les appas,
Qui laffé de me voir infenfible à fes charmes,
A pris pour m'afferuir fes plus puiffantes armes.
Ah! que ie l'apprehende auecque tant d'attraits!
C'eft le jeune Tirfis qui luy fournit fes traits,
Tirfis, de tous les cœurs le charme ineuitable,
Tirfis, en qui reluit tout ce qui rend aimable,
Et dont le Ciel prodigue à verfer fes trefors,
Ne forma que trop bien & l'efprit & le corps:
Ce merite pourtant dont la force eft fi douce,
N'eft pas le feul fujet des foûpirs que ie pouffe;
Auec fes qualitez ie l'aurois eftimé,
Mais ie n'aimerois point, s'il n'auoit point aimé;
Pour tout autre que luy ie ferois inuincible,
Iamais autre que luy ne me rendit fenfible,
Et ie ne croyois pas l'Amour contagieux,
Lors que fans y penfer ie le vis dans fes yeux.
D'vn péril fi charmant mon ame fut furprife,
Et dés ce premier coup craignit pour fa franchife,
Son courage ordinaire alors fe démentit,
Et mon cœur foûpira des maux qu'il preffentit;

Il a par mille efforts tâché de se defendre,
Mais ie sens bien qu'enfin il est prest de se rendre,
Et ma foible raison dans ce mortel danger
Le trahit elle-mesme, & sert à l'engager.
Si mon repos t'est cher, si ma gloire t'est chere,
En l'estat où ie suis, dis-moy, que dois-je faire?
Quand ie croiray Tirsis plus fort que mon deuoir,
Me faudra-t'il resoudre à ne iamais le voir?
Par vn effet cruel dont le penser me tuë,
Priueray-je mes yeux d'vne si douce veuë?
Mais, Dieux! ce ne seroit qu'vne vaine rigueur,
Et ie ne puis iamais l'arracher de mon cœur.
Helas! en tous endroits tu sçauras que sans cesse
Cet aimable Garçon me tourmente & me presse,
Les Amours diligens à seruir ses desirs,
A toute heure, en tous lieux, m'aportent ses soûpirs,
M'expriment ses ennuis, ses transports, & ses craintes,
Et d'vn air languissant me redisent ses plaintes:
Enfin il suit par tout la trace de mes pas,
Et ie le treuue mesme où ie ne le vois pas.
Quand i'esperois encor de l'oster de mon ame,
Souuent dans le desir de surmonter sa flame,
I'éuitois ses regards comme vn charme fatal,
Car ie me doutois bien qu'aimer estoit vn mal.
Mais, aimable Daphné, i'auois beau me defendre,
Ces subtils enchâteurs sçauoient bien me surprendre,

Et c'eft ainfi qu'Amour renuerfant mes projets,
Va reduire mon cœur au rang de fes fubjets.
Dans vn fi trifte eftat, de mon fort incertaine,
Ah! que i'ay dit de fois, en refvant à ma peine,
Defirable repos, aimable liberté,
Vnique fondement de la felicité,
Sans qui l'on ne vit pas, pour qui chacun foûpire?
Faut-il donc qu'vn Tyran vfurpe voftre Empire?
Qu'il me faffe oublier vos charmes les plus doux?
Et que fes feuls tourmens me plaifent plus que vous?
Faut-il que ie m'expofe à ces Efprits feueres
Qui ne connoiffent pas les amoureux myfteres?
Qui répandent fur tout leur venin dangereux,
Et ne fçauroient fouffrir ce qu'on n'a pas pour eux?
Et qui pis eft, difois-je, helas! fi ie m'engage,
Peut-eftre vn jour Tirfis infidele & volage,
Fera dedans mon cœur naiftre autant de foûpirs
Que i'auray pris de foins à flater fes defirs.
On fçait de cent Beautez les triftes auantures,
Et l'Empire amoureux eft remply de parjures;
C'eft ce que i'oppofois à fes plus doux poifons,
Mais l'Amour eft plus fort que toutes les raifons;
Le Deftin veut que i'aime, il faut le fatisfaire,
Ie n'y refifte plus, hé qu'y pourois-je faire?
Ces Maiftres des Mortels, les Dieux, luy cedent bien,
Tes confeils feroient vains, Daphné, ne me dis rien,

Laiſſe-moy ſoûpirer, ma peine eſt ſans remede,
Mon cœur eſt trop charmé du feu qui me poſſede,
Vne douce langueur occupe mes eſprits,
Et perdant tout eſpoir, ie ſens que ie t'écris,
Non pour chercher la fin de mon tourment extréme,
Mais plutoſt, ma Daphné, pour t'aprendre que i'aime;
Si tu blâmes vn mal où ie vois tant d'appas,
Plains vne malheureuſe, & ne l'accuſe pas.

ELEGIE II.

LE Printemps rappeloit les amoureux defirs,
Et brilloit dans fon Char pouffé par les Zephirs,
Suiuy d'vn doux concert, & couronné de rofe,
Il exha'oit dans l'air les parfums qu'il compofe,
Et toute la Nature en vn riche appareil
Languiffoit doucement dans les bras du Sommeil,
Quand la Bergere Iris en refvant à fa peine,
D'vne mourante voix pres les bords de la Seine,
Exprima par ces mots le feu qui l'animoit,
Et qu'elle fentoit mieux qu'elle ne l'exprimoit.

   Noires Filles des Nuits, douces & cheres ombres,
Ie cherche vn feur azile en vos retraites fombres,
Couurez bien mon ennuy de voftre obfcurité,
La douleur que ie fens redoute la clarté;
Et fi ie vous fay part de mes peines fecretes,
C'eft parce qu'on fçait bien que vous eftes difcretes.
Efcoutez donc mon mal, & plaignez mon tourment,
Ie le veux confulter auec vous feulement.

Vne douce surprise, vn desordre agreable,
Par vne émotion qui n'est point exprimable,
Allume vn feu secret dans le fond de mon cœur,
Qui le touche & l'agite, & s'en rend le vainqueur.
C'est là que triomphant de mon ame asseruie,
Il vnit sa chaleur à celle de ma vie,
Et que par vn excés qui m'est délicieux,
Il produit la langueur qui paroît dans mes yeux:
Mais parmy ce torrent de tourment & de flame,
Ie ne sçay quoy de doux se coule dans mon ame;
Ie trouue tant d'appas dans mon propre ma'heur,
Que ie ne puis juger si c'est ioye ou douleur:
Helas ! ie n'en sçay rien, toutefois il me semble
Que ce pouroiët bien estre & l'vn & l'autre ensemble;
Et tout ce que i'en sçay, c'est que i'ay veu Tirsis;
Qu'auant que de le voir, i'auois moins de soucis;
Et que depuis ce iour i'ay toûjours eu dans l'ame
La peine, la douleur, la tristesse, & la flame.
Rien ne me diuertit, ie ne dors point la nuit,
I'aime la solitude, & le monde me nuit,
Ie ne sçaurois penser qu'aux peines que i'endure,
Ie prens mesme plaisir d'irriter ma blessure,
I'entretiens des pensers que ie deurois bannir,
Ie pousse des sanglots que ie veux retenir;
Lors que l'on parle à moy, ie ne sçaurois rien dire,
Ie resve, ie languis, ie pleure, ie soûpire,

Au feul nom de Tirfis ie change de couleur,
Quand il eft pres de moy i'ay bien moins de douleur,
Si-toft qu'il eft party ie ne fuis plus la mefme.
D'où viẽt ce chãgement, n'eft-ce point que ie l'aime?
Ce Dieu que ie fuyois a-t'il furpris mes fens?
Et fi ce n'eft Amour, qu'eft-ce donc que ie fens?
Voila tous les tourmens qu'on fouffre en fon empire,
Ie le connoiffois bien, mais ie n'ofois le dire;
Et mon cœur qui fentoit ce beau feu s'élener,
Vouloit bien le fouffrir, & non pas l'auoüer;
Il feignoit d'ignorer le mal qui le poffede,
De peur d'eftre obligé d'y chercher du remede;
Il faifoit vn fecret du nom de fon vainqueur,
De crainte d'alarmer la honte & la pudeur.
Enfin ce malheureux qui n'ofoit pas fe rendre,
S'entendoit auec luy pour s'y laiffer furprendre:
Mais fi par vn excés dont il fut préuenu,
Il en eut de la honte apres l'auoir connu;
Aujourd'huy qu'il connoit tout ce qu'il a de charmes,
Il trouue de la gloire à luy rendre les armes.
Sanglots entrecoupez, foûpirs mourans & doux,
Ennuis, tranfports, langueurs, ie m'abandóne à vous,
En vain i'ay combatu voftre pouuoir extréme,
Puis que vous me forcez de confeffer que i'aime:
Oüy, ma bouche apres vous va le dire à fon tour,
I'aime, & ce que ie fens ne peut eftre qu'amour.

Ne vous étonnez pas, Ombres triftes & vaines,
Si i'ofe découurir le fujet de mes peines:
Si vous voyiez Tirfis, fans doute il vous plairoit,
Et malgré vos froideurs il vous enflameroit,
Amour eft dans fes yeux, il eft dans fon langage,
Il aime, il fait aimer, fe peut-il dauantage?
Il ne forma iamais que des deffeins heureux.
Ah! l'on m'auoit bien dit qu'il eftoit dangereux.
L'honneur de nos Hameaux, la diuine Climene,
Au foir que nos troupeaux paiffoient parmy la plaine,
Voyant qu'il m'abordoit, me vint dire tout bas,
Si vous craignez d'aimer, ah! ne l'écoutez pas.
Son adreffe en cet art n'eut iamais de pareille,
Il fçait comme on attire vne ame par l'oreille;
Fuyez, fuyez, Bergere, vn fi mortel hazard,
Ie ne fçaurois, luy dis-je, il eft vn peu trop tard.
Helas! il eftoit vray, mes forces me laifferent,
Et tous les traits d'Amour enfemble me blefferent;
Vn agreable trouble, vne douce langueur,
Surprit en mefme temps & mes fens & mon cœur;
Au lieu de repouffer cette atteinte impréueuë,
De luy-mefme il s'ouurit au poifon qui le tuë.
Chere & parfaite Amie, ah! fi ton amitié
En preuoyant mes maux, en eut quelque pitié,
Tu deuois me donner vn auis charitable,
Auant que i'euffe veu cet objet redoutable.
　　　　　　　　　　　A v

O toy dont les Amans n'eurent iamais de paix,
Et qui donnes souuent ce que tu n'eus iamais,
Pour punir ta malice, orgueilleuse Climene,
Puisse-tu quelque jour sentir la mesme peine.

SVR VNE ABSENCE.

ELEGIE III.

FAut-il donc me refoudre à m'éloigner des lieux
Où ie puis tous les jours adorer vos beaux yeux,
Où ie les rends témoins de mon cruel martyre,
Où des maux qu'ils me font deuant eux ie foûpire?
Ie fonde fur ce poinct mon cœur à tout moment,
Mais ie tire de luy des foûpirs feulement,
C'eft tout ce que répond cette Efclaue fidele,
Dont mefme vos mépris entretiennent le zele.
Voila comme il s'explique, & comme il me repart,
Quand ie le veux refoudre à ce trifte départ.
Donc inutilement le deuoir m'y conuie,
Ie ne fçaurois quitter mon aimable Siluie,
Raifon, tous vos efforts font icy fuperflus,
Vous auez beau parler, ie ne vous entens plus;
M'auez-vous dit qu'elle eft fi parfaite & fi belle,
Pour m'ordonner apres que ie m'éloigne d'elle?

A vj

Et m'auez-vous appris qu'il n'eſt rien icy bas
Qu'on doiue comparer à ſes moindres appas?
Que comme ſa beauté, ſa grace eſt admirable?
Enfin m'auez-vous dit combien elle eſt aimable,
Pour n'eſtre pas d'accord qu'on doit aſſez aimer,
Celle que vous diſiez qui me deuoit charmer?
Pour m'oppoſer les loix de ce deuoir bizarre
Qui veut que ie la perde, ou que ie m'en ſepare,
Et qui pour m'enleuer hors d'vn ſi beau ſejour,
Eſt ſans ceſſe en querelle auec mon amour?
Mais helas! le Deſtin eſt de l'intelligence,
Il faudra bien ſubir ſa fatale ordonnance,
Des plus heureux Amans il a troublé la paix,
Et ſes ordres enfin ne ſe rompent iamais.
Ie vay donc vous quitter, adorable Siluie,
Et traiſner loin de vous vne mourante vie:
Tous ces diuers appas qu'étale le Printemps,
Ne pouront adoucir l'aigreur de mes tourmens;
Toutes ces riches fleurs que la nouuelle Flore,
En ce temps amoureux, au matin fait éclore,
Dont ie verray briller les merueilleux appas,
Abſent de vos beaux yeux, ne me toucheront pas.
Rien ne pourra flater la rigueur de mes peines;
On me verra penſif ſur le bord des Fontaines,
Accroiſtre de mes pleurs leurs humides treſors;
On me verra chercher les ſolitaires bords

Des ruiffeaux égarez dans les Bois les plus fombres,
Pour plaindre mes ennuisdeffousleurs triftes ombres:
Mais n'apprehendez pas qu'en me plaignant ainfi,
Aux Nymphes de ces Bois i'apprenne mon foucy,
Que mes cuifans regrets, leur découurant ma flame,
Trahiffent malgré moy les fecrets de mon ame:
Iamais on ne fçaura mon mal par ce moyen,
I'en parleray fi bas, qu'Echo n'en fçaura rien:
Et ce n'eft pas encor vne petite gefne,
Que de fouffrir beaucoup, & de cacher fa peine.
Mais outre tous les maux dont ie fuis tourmenté,
D'vn autre plus cruel mon cœur eft agité;
Ce monftre fans pitié, qu'on nomme Ialoufie,
De funeftes foupçons troublant ma fantaifie,
Ie crains que mes Riuaux n'aillent adroitement
Blâmer aupres de vous ce prompt éloignement.
Oüy, ie les voy déja vous tenir ce langage,
Que le jeune Tirfis eft vn efprit volage,
Qu'il n'eft rien de fi fort qui puiffe l'arrefter,
Qu'vn autre feroit mort auant que vous quitter;
Que les loix du deuoir n'ont que de foibles armes,
Quand on eft retenu par de fi puiffans charmes;
Que l'Amour, quoy qu'enfant, eft affez refolu,
Et qu'il regne toûjours d'vn pouuoir abfolu;
Que fon Empire va jufqu'à la tyrannie;
Que chez luy la raifon doit paffer pour manie;

Et qu'il se rend enfin plus difficilement
Aux regles du deuoir quand il fait son tourment.
Vous sçauez à quel poinct la haine peut atteindre,
Et par là vous voyez si i'ay beaucoup à craindre;
Si de tant d'ennemis on me voit combatu,
Vn absent est bien foible, & bien-tost abbatu.
Mais cessez, mes frayeurs, vous offensez Siluie,
Elle n'écoute pas le discours de l'Enuie,
Elle ne reçoit point de fausse impression,
Et ne peut ignorer quelle est ma passion.
Genereuse Vertu dont mon ame est charmée,
Aimable Verité que i'ay toûjours aimée,
Prenez bien mon party contre mes enuieux;
Lors qu'ils m'accuseront, defendez-moy contr'eux,
Confondez de leurs voix l'insolence importune,
Ie vous laisse le soin de ma bonne fortune;
Asseurez tous les jours ce miracle des Cieux,
Qu'Amour est dans mon ame ainsi que dans ses yeux;
Et qu'autant qu'elle passe en attraits les plus Belles,
Ie surpasse en amour les cœurs les plus fidelles.
Ne voulez-vous pas bien, objet rare & charmant,
Que ie laisse en ses mains le soin de vostre Amant?
Cet appuy pres de vous releue mon courage:
Mais qui pourra me suiure en ce triste voyage?
Qui me consolera, de ne vous plus reuoir?
Helas ! s'il vous plaisoit d'ordonner à l'espoir,

Qu'en cet éloignement sa vertu me console,
Il ne vous cousteroit qu'vne seule parole,
Où pour vous épargner vn regard gracieux,
Il entend assez bien le langage des yeux.
De grace expliquez-vous ; il est temps de me dire
Si vous auez dessein qu'il viue, ou qu'il expire;
Car si vous ordonnez qu'il ne me suiue pas,
Il faut en mesme temps me resoudre au trépas;
Vous aurez mesme soin, si vous voulez qu'il meure,
Ie n'ay pas le pouuoir de le suruiure vne heure.

SVR VNE IALOVSIE.

ELEGIE IV.

PEnfers où l'on fe plaift, efperances flateufes,
  Douces émotions, langueurs delicienfes,
Defirables tranfports, agreables foûpirs,
Où l'ame s'abandonne auec tant de plaifirs,
Qu'eftes-vous deuenus, charmes incomparables?
Côme vous eftiez grands, que n'eftiez-vous durables?
Belle & fecrete paix d'vn Amant bienheureux,
Ne reuiendrez-vous plus dans mon cœur amoureux?
LeDieu qui vous fit naiftre eft toûjours dãs mon ame;
Mais s'il la brûle encor de fa premiere flame,
Ie ne l'y reffens plus par ces beaux mouuemens
Qui l'éleuoient fans ceffe à des rauiffemens.
Helas! qu'il eft changé, le cruel que i'adore!
Son feu qui m'animoit, à prefent me deuore:
Auffi ie n'offre plus fur fes fameux Autels
Que des larmes de fang, & des foûpirs mortels:

Il n'a plus les attraits qu'il auoit de couftume,
Et toute fa douceur fe change en amertume;
Puis qu'il me perfecute & la nuit & le jour,
Puis qu'il n'a plus d'appas, Amour n'eft plus Amour,
Ce Dieu doux & charmant qui fit toute ma joye,
Deuient vn fier Demon à qui ie fuis en proye;
Et bien que fa rigueur m'accable de malheurs,
Ie cheris tout de luy, jufques à mes douleurs:
Mon cœur deuroit fortir d'vn fi rude efclauage,
Mais ce foible captif n'en a pas le courage;
S'il fonge à s'affranchir, il fent qu'il ne le peut,
Il combat, il fe rend, & ne fçait ce qu'il veut.
Ne vous irritez pas du tourment qui me preffe,
I'en accufe mon Dieu fans blâmer ma Déeffe,
Quoy qu'on tienne par tout, objet brillant & doux,
Que fe plaindre de luy, c'eft fe plaindre de vous.
Maisie ne puis vous faire vne fi grande offence,
Bien qu'auec luy vos yeux femblent d'intelligence;
Non, ie ne vous veux point reprocher mon ennuy,
Mais ie m'adreffe à vous, pour me plaindre de luy,
Ecoutez, belle Iris, la rigueur, l'injuftice,
L'étrange cruauté, la gefne, & le fupplice,
Qu'exerce deffus moy ce jeune imperieux,
Et faites s'il fe peut qu'il me traitte vn peu mieux:
Il me fait reffentir les cruelles atteintes
De ce qu'ont de fafcheux les foupçons & les craintes,

Il gliſſe dans mon cœur vn horrible ſerpent
Dont le venin fatal dans le cœur ſe répand,
Trauerſe le repos & des ſens & de l'ame,
Il y porte la glace au milieu de la flame,
Et leur antipathie y cauſe des combats
Qui font languir ma vie, & ne l'acheuent pas;
Par des fantômes vains qu'il me forme ſans ceſſe,
Il trouble ma raiſon, allarme ma tendreſſe:
Enfin ce fier vainqueur, apres m'auoir ſoûmis,
M'expoſe à la fureur de tous mes ennemis.
Ie deuois vous cacher ce qu'il a de ſeuere,
Par l'intereſt que i'ay qu'il puiſſe vn iour vous plaire,
Vous celer ſes défauts, & parler ſeulement
De ce qu'il a de doux, d'aimable, & de charmant:
Mais déja mon ſilence, ô Beauté que i'admire,
Vous en a plus appris que ie n'en ſçaurois dire;
Vous m'auez veu cent-fois languiſſant & reſveur,
Paſle, triſte, chagrin, & de bizarre humeur,
Obſeruer vos regards, voſtre air, voſtre langage,
Et ne rien expliquer qu'à mon deſauantage,
Sans mouuement, ſans voix, ne faiſant qu'écouter,
Mécontent pres de vous, ſans pouuoir vous quitter,
Faiſant le ſatisfait au fort de ma triſteſſe,
Le deſ-intereſſé lors que tout m'intereſſe,
Et feignant bien ſouuent auoir de la froideur
Au moment que ie brûle auecque plus d'ardeur.

Sont-ce pas les effets d'vne douleur mortelle?
Deuinez, belle Iris, comment cela s'appelle?
Sans doute vous direz que c'eſt eſtre jaloux,
Il eſt vr ay ie le ſuis, mais ce n'eſt pas de vous:
Ne vous en faſchez pas, trop aimable inhumaine,
Non, ce n'eſt pas de vous, ce n'eſt que de ma peine,
Ie ſçay que vos captifs n'ont ny tréue ny paix,
Que vous faites ſouffrir, & ne ſouffrez iamais;
Vos regards ſôt mortels, leurs coups ſôt redoutables,
En faiſant des Amans, ils font des miſerables;
Ie ne ſuis point jaloux du bien de mes Riuaux,
Mais ie ne puis ſouffrir qu'ils reſſentent mes maux.
Ie ne veux point qu'on m'aide à ſuporter mes chaînes,
Leur mal accroiſt mon mal,& leurs gênes mes gênes,
Helas! c'eſt bien aſſez de ſouffrir mon ennuy,
Sans eſtre tourmenté par les malheurs d'autruy:
Beaux yeux de mon Iris, viues ſources de flame,
N. portez plus vos feux ailleurs que dans mon ame,
Ie conſens de languir ſous voſtre dure loy,
Mais ne faite de mal à perſonne qu'à moy.
Ah! ſi pour l'intereſt, & l'hoñneur de vos charmes,
Il faut que vos Autels ſoient arroſez de larmes,
S'il leur faut des reſpects des ſoûpirs, & des vœux,
Si vous prenez plaiſir que l'on ſouffre pour eux,
Ie vous ſatisferay, beaux yeux, car il me ſemble
Que ſeul i'endure aſſez pour tout le monde enſemble.

Ie ſuis marry de voir que d'autres moins touchez
A voſtre diuin Char veüillent eſtre attachez:
Les vns ſont trauaillez du deſir de la gloire
De voir grauer leur nom au Temple de Memoire;
D'autres pour des treſors ont vn aueugle amour,
Et d'autres aux neuf Sœurs ſont vne vaine Cour:
Ie laiſſe à qui voudra cette peine importune,
Ie mépriſe grandeurs, & richeſſe & fortune;
Et ne veux, belle Iris, que diſputer à tous
L'honneur de ſoûpirer, & de mourir pour vous.

ELEGIE V.

Fiere & foible raison, qui par de vains combats
Choques les passions, & ne les détruis pas,
Ne me tourmente plus, tes forces sont bornées,
Et l'on ne change point l'ordre des destinées;
Elles font à leur gré le tissu de nos jours,
Et forment dans le Ciel les nœuds de nos amours.
Tu sçais bien que mõ cœur pour se vaincre lui-même,
T'opposa mille fois au Dieu qui veut que i'aime;
Mais quoy qu'on puisse dire au mépris de ses loix,
Aimer, ou n'aimer pas, n'est pas de nostre choix.
A son diuin pouuoir il faut enfin se rendre,
Vn mortel contre vn Dieu pourroit-il se defendre?
Ie l'auois combattu, ce dangereux pouuoir,
Par les plus grands efforts qu'exige le deuoir:
L'esprit enfin lassé d'vne si rude guerre,
Vne nuit qui voilant les beautez de la terre,

Sembloit n'auoir éteint la lumiere du jour,
Que pour fauorifer les deffeins de l'Amour;
Et qui chaffant du cœur les importunes craintes,
Mettoit en liberté les foûpirs & les plaintes,
Ie difois pres des bords d'vn Bois delicieux,
Qui m'oftoit aux regards des Aftres enuieux,
Qu'vn malqu'ó trouuedoux metde trouble dás l'ame,
Et que d'vn feu qui plaift, aifément on s'enflame!
Helas! que dans l'ardeur des plus preffans defirs
La Pudeur à l'Amour dérobe de plaifirs!
Tirfi, & que fouuent à tes defirs rebelle
Secretement mon cœur a murmuré contr'elle!
Que tes charmans regards ont fur moy de pouuoir!
Et que dans cet eftat ie craindrois de te voir!
Ie croyois que les vents emportoient mes paroles;
Mais las! ie me flatois d'efperances friuoles.
Quelle fut ma furprife! & que deuins-je, ô Dieux!
Lors que foudain Tirfis vint s'offrir à mes yeux?
Ie le connus malgré les ombres infidelles,
Douces auparauant, en ce moment cruelles,
A fa taille diuine, à cet air fier & doux,
Qui furprît tant de cœurs, & fit tant de jaloux,
A ce charme fecret qui fit naiftre ma flame;
Mais ie le connus mieux au trouble de mon ame.

POVR
LA REYNE
DE SVEDE.
ODE I.

BElle lumiere vagabonde,
　Mobile source de clarté,
Flambeau d'eternelle beauté,
Oeil du jour qui voit tout le monde,
Soleil qui dans vn Char si pur
Te promenes dessus l'azur
Auec vn appareil si superbe & si graue,
Vois-tu rien de si beau de ton Trône orgueilleux,
　Que la fille du grand Gustaue?
Et le Ciel a-t'il rien qui soit si merueilleux?

Ne craindras-tu point qu'à ta honte
Cet Astre qui se leue au Nort,
Fatal au bonheur de ton sort,
En lumiere ne te surmonte?
Déja son matin plus brillant
Que ton midy chaud & brûlant,
Semble te menacer d'vne triste auanture:
Tout le monde étonné de ses diuins appas,
Dit que l'honneur de la Nature
N'est plus au Firmament, & qu'il est icy bas,

Tu cours en vain la terre & l'onde
Pour en estre estimé le Roy,
Puis que la nuit auecque toy
Partage l'Empire du Monde:
Mais cet autre Soleil plus beau,
Par vn miracle tout nouueau,
Eclaire en mesme temps la terre vniuerselle;
Ses rayons en tous lieux s'épandent auec bruit,
Et de leur lumiere immortelle
L'éclat ne souffre point d'éclipse ny de nuit.

Que

Que cette Reyne qu'on admire
Est digne Fille de ce Roy,
Qui portant en tous lieux l'effroy
Soûmettoit tout à son Empire!
Mais des Palmes que ce Heros
S'acquit au mépris du repos,
Le nombre glorieux fut fatal à sa vie;
Il ne pouuoit perir, cet honneur des Guerriers,
Malgré les efforts de l'Enuie,
Qu'abatu sous le faix de ses propres Lauriers.

L'Vniuers qui pleura la perte
De ce Prince qu'il réueroit,
Ne crût pas quand il la pleuroit,
Qu'elle pût estre recouuerte:
Mais lors, vn miracle naissant,
Qui de ce Monarque puissant
Pouuoit seul occuper la place par ses charmes,
Heritant de son nom comme de sa vertu,
En reprenant ses mesmes armes,
Sous leur puissant effort a veu l'Aigle abbatu.

B

Cette Princeſſe toute illuſtre,
La gloire de cet Vniuers,
Par mille auantages diuers
Des plus grands Roys ternit le luſtre;
Et ſes vertus & ſes beaux yeux,
Dans le cœur de nos demy-Dieux,
Ont ſi bien ſceu porter le reſpect & la crainte,
Que pendant que l'Europe endure ſous le faix
Des malheurs dont elle eſt atteinte,
Seule dans ſes Eſtats elle garde la Paix.

A preſent quel Prince barbare,
Pouſſé d'vn eſprit inhumain,
Entreprendroit d'armer ſa main
Contre vne merueille ſi rare?
Qui pourroit ne reſpecter pas
Les miracles & les appas
Dont le Ciel enrichit ce chef-d'œuure des Reynes?
Si l'Enuie entreprend de troubler ſon bonheur,
Ses entrepriſes ſeront vaines,
Et ſa temerité ſera ſon deſ-honneur.

Chez cette Reyne sans seconde,
Qui sur les autres a le prix,
Est l'azile des beaux Esprits,
Et l'élite de tout le monde:
Les plaisirs d'honneur reuestus,
Les Sciences, & les Vertus,
Ont fait de son Palais le Temple de la Gloire;
Les neuf sçauantes Sœurs du bel autheur du jour
Ces dignes Filles de Memoire,
Composent sa superbe & magnifique Cour.

Dans son rare Esprit sont encloses
Toutes les hautes qualitez,
Il est la source des beautez,
Et le tresor des belles choses :
Mais si dans son illustre cœur,
Auec tant d'éclat & d'honneur,
Les plus grandes Vertus ont leur paisible empire;
Si c'est là qu'elles ont leur Trône glorieux,
Sans les offenser, on peut dire,
Qu'aussi le Dieu d'Amour a le sien dans ses yeux.

Par vn rapport affez fidelle,
La Renommée auec fa voix
Nous a dit plus de mille fois
Combien cette Princeffe eft belle:
Sa diuine ame, & fon beau corps,
Font vn meflange de trefors,
Qui de la main de Dieu font les plus beaux ouurages;
Enfin parmy les fleurs dont brille fon printemps,
Elle a les plus grands auantages
Que l'Efprit peut tirer de l'vfage & du temps.

On dit que fans faire vne injure
A fes adorables attraits,
On ne peut faire de portraits
De ce miracle de Nature:
Mais le tableau qu'on nous en fait,
Encore qu'il foit moins parfait,
Efface tout l'éclat des chofes animées;
Et quoy que d'affez loin nous viennent fes rayons,
Nos ames en font plus charmées,
Que ne le font nos yeux de ce que nous voyons.

Terre heureufement afferuie
A cet Aftre de qui l'éclat
Embellit tant voftre climat,
Ah! qu'on vous doit porter enuie!
Et vous, fes peuples fi vantez,
Qui voyez de près fes beautez,
Que vous eftes heureux au prix de tout le monde!
Que vous eftes cheris & protegez des Cieux,
Par vne grace fans feconde,
Qui fait regner fur vous le chef-d'œuure des Dieux!

Ce n'eft pas que fon doux Empire
Ne s'étende en des lieux diuers,
Et qu'auec vous tout l'Vniuers
Ne la refpecte & ne l'admire;
Cet honneur eft commun à tous,
Vous ne pouuez auoir fur nous
Que la gloire de voir de plus près fa lumiere;
Si le Sort ne foûmet à fes attraits vainqueurs
L'Empire de la Terre entiere,
Son merite la rend Reyne de tous les cœurs.

Que de son bonheur on doit croire
Mon Sexe vain & satisfait,
Depuis qu'vn sujet si parfait
En releue par-tout la gloire!
L'autre ne doit plus l'emporter,
Puis qu'il ne sçauroit se vanter
Que le Ciel l'ait beny d'vne grace pareille:
Mais c'est trop, mes desirs, ie n'ay pas le pouuoir
D'exprimer bien vne merueille
Que iamais mon esprit ne sçauroit conceuoir.

Ie crains de luy faire vne offense;
Pour en parler plus dignement,
Ce trauail est deub seulement
Au Dieu mesme de l'Eloquence:
C'est luy qui doit dire en tous lieux,
Que depuis que roulent les Cieux,
Il n'a rien veu de tel sur le plus fameux Trône;
Et qui doit publier par ses écrits diuers,
Que cette sçauante Amazone
Est l'exemple & l'amour de tout cet Vniuers.

PORTRAIT
DE S. ALTESSE ROYALE
MADEMOISELLE.

ODE II.

FILLE du Souuerain des Dieux,
   Qui des Arts les plus glorieux
Merites l'eternel hommage;
Minerue, viens à mon secours,
Ie veux peindre dans cet Ounrage
Le plus rare Objet de nos jours.

B iiij

Pensant à ce diuin Objet,
Cent fois vn si hardy projet
A sceu me flater & me plaire,
Et foible pour ce grand Tableau,
Cent fois de ma main temeraire
I'ay laissé tomber le pinceau,

Que mon fort sera glorieux!
Si par mes Vers ambitieux
Ie fais autant pour ma Princesse
Qu'ont fait mes Ayeuls autrefois,
Par leur épée & leur adresse,
Pour le seruice de nos Rois.

D'vn air imperieux & doux,
Qui mettroit Iunon en courroux,
Sa belle taille est animée;
Et l'on voit bien à ses beaux yeux,
Que le fang dont elle est formée,
Est le plus beau fang de nos Dieux.

Sa bouche a mille attraits puiffans,
Elle furprend l'ame & les fens,
Rien n'eft fi doux que fon langage,
Le cœur qui reffent fon pouuoir,
Ne fçait ce qui plaift dauantage,
Ou de l'entendre, ou de la voir,

Parmy les plus brillantes fleurs,
Cherchons les plus viues couleurs,
Pour peindre vne bouche fi belle,
Et prenons ce riche incarnat
Que prend vne Rofe nouuelle
Qui veut fe donner de l'éclat,

Ma Peinture, fans la flater,
Pouroit mille traits emprunter
De la Princeffe de Cithere,
Mais fon Efprit eft au deffus,
Et l'on fçait que cette Ame fiere
Ne veut rien auoir de Vénus.

B v

Toy qui dans vn si beau dessein
Conduis mon esprit & ma main,
Rend ma noble entreprise heureuse,
Il faut, ô diuine Pallas,
Peindre son Ame genereuse,
Déesse, ne t'éloigne pas.

Pouray-je bien, selon mes vœux,
Faire voir les soins merueilleux
D'vne Ame en vertus si féconde,
Et donner assez de rayons
Au plus brillant Esprit du monde,
Auec de si foibles crayons?

Venez, diuines qualitez,
Sagesse, Lumieres, Bontez,
Dont le doux éclat l'enuironne,
Et pour vn si rare Tableau,
Que chacune de vous me donne
Ce qu'elle eust iamais de plus beau.

Animons d'vne noble ardeur
Le beau Portrait de son grand Cœur;
Dont la Gloire est seule maistresse;
On dira qu'en son plus beau jour
Il y manque quelque tendresse,
Mais la honte en est à l'Amour.

Que cette Heroïne a d'attraits!
Qu'elle a de graces & de traits
Où l'Art ne peut iamais atteindre!
Qu'elle sçait bien-tost nous charmer!
Qu'elle est propre à se faire craindre!
Et sçauante à se faire aimer!

On sçait qu'en son juste couroux,
Contre ces redoutables coups,
Toute la resistance est vaine;
Mais malgré son ressentiment
Elle punit auecque peine,
Et pardonne facilement.

L'honneur regle ſes actions,
Sur les plus fortes paſſions
Son bel Eſprit ſçait prendre empire,
Il cache ce qu'il veut cacher,
Mais la gloire qu'elle en retire
Luy couſte peut-eſtre bien cher.

Son cœur à la deuotion
Sent quelque diſpoſition,
Et voudroit l'auoir toute entiere,
Il y fait tout ce qu'il y peut,
Mais c'eſt vne fort grand' affaire,
Et ne l'a pas toûjours qui veut.

Ie ne puis que trop foiblement
Toucher en mon étonnement
La force de ſon grand courage,
Que le danger ſoit ſous ſes pas,
Qu'elle entende gronder l'orage,
Son beau teint n'en changera pas.

Auec cet Efprit fans égal,
Cet abord aux cœurs fi fatal,
Cette fierté pleine de charmes,
Ce cœur incapable d'effroy,
Mettons luy ton cafque & tes armes,
Pallas, on la prendra pour toy.

PORTRAIT
DE M. LA DVCHESSE
DE CHASTILLON.
ODE III.

CHERCHONS, pour peindre Amarillis,
Des fleurs nouuellement écloses;
Cueillons des Oeillets & des Roses,
Meslons-y quantité de Lis,
Et rassemblons enfin toutes ces belles choses.

Corail, Rubis, Perles, & Fleurs,
Astres brillans, lumiere pure,
Riches Tresors de la Nature,
Faites-moy part de vos couleurs
Pour cette merueilleuse & diuine peinture.

Mais quel ambitieux defir
Dans vn si beau deſſein m'engager?
Ah! que dans vn si grand ouurage
I'aurois de gloire & de plaiſir,
Si ma force pouuoit égaler mon courage!

Ce Peintre qui dans vn Tableau
Affembla tout ce qui peut plaire,
Auroit paſſé pour temeraire,
S'il euſt employé ſon pinceau
Au merueilleux Portrait que i'entreprens de faire.

Sa Vénus auoit moins d'attraits,
Moins d'agrémens, & moins de grace,
Et quelque recit que l'on faſſe
De ces beaux & fameux Portraits,
L'illuſtre Amarillis en charmes la ſurpaſſe.

Mais si ce Dieu que tous les jours
Elle fait vaincre dans le Monde,
Dans ce beau deſſein me féconde,
Nous pourons auec ſon ſecours
Peindre cette merueille en merueilles féconde.

Qu'il tire délicatement
Auec sa fleche legere
Le tour des beaux yeux de sa Mére,
Et ce rare & noble agrément
Que nul autre pinceau ne sçauroit iamais faire.

Qu'il prenne ce qui peut charmer,
Et retenir en son empire
Tout ce qui fait qu'on y soûpire,
Ce qui tuë & qui fait aimer,
Et ce ie ne sçay quoy qu'on ne sçauroit bien dire.

Il faut de Rubis pleins de feux
Former ses deux levres vermeilles,
Et pour acheuer ces merueilles,
Mettre des Perles entre-deux,
Telles que l'Orient n'en ait point de pareilles.

Pour les faire mieux découurir,
Faisons sa bouche à demy close,
Semblable au bouton d'vne Rose
Qui ne commence qu'à s'ouurir,
Quand la Mere du Iour de ses pleurs les arrose.

Il faut faire son teint de Lys
Beau comme celuy de l'Aurore,
Ou pareil à celuy de Flore,
Quand nos champs en sont embellis,
Et mesme, s'il se peut, plus éclatant encore,

Que sur l'albastre de son sein
Tombe negligemment en onde
Sa cheuelure vagabonde,
Qui sans étude & sans dessein
Dans ses chaisnes d'ébeine engage tout le monde.

Et vous, Graces, à vostre tour
Venez parer sa belle teste,
Comme on voit en vn jour de Feste
Celle de la Mere d'Amour,
Lors qu'elle se propose vne grande conqueste.

Mais c'est en vain qu'à mon secours,
Pour rendre ses traits plus fidelles,
Auec ces trois Sœurs immortelles,
I'appelle icy tous les Amours,
Ils ne quittent iamais ce miracle des Belles.

LE TRIOMPHE D'AMARILLIS,

POVR MADAME LA D. DE CHASTILLON.

ODE IV.

QVe pour la pompe solemnelle
Que vont preparer les neuf Sœurs,
On fasse vn riche amas de fleurs,
Afin d'en couronner le chef de la plus belle:
Venez Lauriers, Mirthes, & Lys,
Ombrager aujourd'huy le front d'Amarillis;
Croissez Iasmins, Oeillets, Anemones, & Roses,
Sa grande feste approche, & ses charmes diuers,
Qui viennent acheuer de vaincre toutes choses,
Vont enfin triompher de tout cet Vniuers.

Qu'à ce grand & rare spectacle
Le bel Astre qui va toûjours
Arreste son rapide cours,
Comme il fit autrefois pour vn moindre miracle,
Que les flateurs Chantres des Bois
Retiennent par respect leurs languissantes voix;
Que par tout les ruisseaux suspendent leur murmure,
Amarillis n'a rien qui ne doiue étonner,
Vous sçauez bien qu'ellë est l'honneur de la Nature,
Ne m'interrompez pas, ie la vais couronner.

Ie voy déja qu'elle s'auance,
Et son leger habillement,
Bien moins superbe que charmant,
Découure mille atttaits dedans sa negligence,
De ses diuins cheueux épars
Les boucles sur son sein volent de toutes parts,
De soûpirs amoureux doucement emportées,
Sa parure n'a rien qui paroisse affeté,
Elle méprise l'art des graces empruntées,
Et tire son éclat de sa seule beauté.

Sa belle tefte n'eft ornée
Que d'vne Guirlande de fleurs,
Sa juppe eft des mefmes couleurs
Que le Ciel prend au temps d'vne belle journée,
Vne agraffe de diamant
Au cofté la rehauffe affez negligemment;
On luy voit fous vn bras vne écharpe brillante,
D'vn drap d'or eft couuert fon corfage diuin,
Et qui voit aujourd'huy cette Beauté charmanre,
Voit le dernier effort d'vne immortelle main.

Ses yeux, fource des belles chofes,
Ont plus de feu que le Soleil,
Et proche de fon teint vermeil
On voit jaunir les Lys, on voit pâlir les Rofes.
Qu'elle a d'attraits! qu'elle a d'appas!
Dans cet eftat pompeux, qui n'admireroit pas
Les rayons éclatans de cet objet celefte?
En pourez-vous, mes yeux, tout l'éclat fuportert
Acheuerez-vous bien d'obferuer tout le refte?
Et jufques dans fon Char la verrez-vous monter?

Mais courage, fuiuons laBelle
Dedans vn Char fi glorieux,
Qu'il femble defcendre des Cieux,
Tant il nous paroift beau, brillant, & digne d'elle,
Là fur des pierres de grands prix,
Des plus illuftres cœurs que fes yeux ont furpris,
Auec des traits profonds la défaite eft grauée,
Et fur vn or bruny paroift tout à l'entour,
Entre mille Rubis en boffe releuée,
L'impuiffance de Mars contre le Dieu d'Amour.

Au milieu du Char eft affife
Cette rauiffante Beauté,
D'où l'on diroit que la fierté,
Auec vn doux dédain, cet appareil méprife:
Les Graces, auec les Vertus,
Tenant deffous fes pieds les Vices abbatus,
Paroiffent autour d'elle en vn ordre admirable;
L'vne luy tend des fleurs, l'autre luy fert d'appuy;
Et comme cette Belle en eft infeparable,
On les voit triompher auec elle aujourd'huy.

Dix jeunes enfans de Cithere,
D'vn air auſſi doux que galand,
Traiſnent ce Chariot brillant,
Et pour Amarillis ils ont quitté leur Mere;
Les ris, les agrémens, les jeux,
D'vn viſage & d'vn air auſſi gay qu'amoureux,
Sniuent cette Beauté qui n'a point de pareille;
Et deuant eux les doux Zephirs,
Par tout où doit paſſer cette jeune merueille,
Vont parfumant les aïrs de leurs plus doux ſoûpirs.

Apres cette troupe galante
On voit marcher, de tous coſtez
Et les Heros & les Beautez
Dont vient de triompher la belle Conquerante.
Et de mille climats diuers
Ces illuſtres Captifs ſont venus dans ſes fers,
Et diſputent entr'eux l'honneur d'en eſtre Eſclaues;
On les voit à ſes pieds, ces glorieux vainqueurs,
Ils luy ſont tous ſoûmis, & meſme les plus Braues
Aiment mieux la ſeruir, que triompher ailleurs.

Les Peuples paroissent en suite
De chapeaux de fleurs tous couuerts,
Et de leurs cris fendant les airs,
Font aller jusqu'au Ciel le bruit de son merite:
Chacun pouffé du beau desir
De pouuoir contempler cette Belle à plaisir,
Se presse sans respect ny de sexe ny d'âge;
Au bonheur de la voir leurs biens sont établis;
Et touchez des attraits d'vn si charmant visage,
Font par tout retentir le nom d'Amarillis.

Tout le monde épris de la gloire
D'accompagner cette Beauté,
Marche auec autant de fierté,
Qu'il marcheroit au jour de sa propre victoire:
Chacun par ses beaux vestemens,
Sa propreté, son air, & ses ajustemens,
Accroist de quelque éclat cette pompe agreable.
Que peut-on souhaiter afin de s'orner mieux,
Puis qu'on y voit paroistre en vn ordre admirable
Tout ce qu'ont de parfait & la Terre & les Cieux?

Il faut que le paſſé luy cede,
Comme fait le ſiecle preſent;
Tout ce qu'il auoit de plaiſant
N'auoit pas les attraits que cet Ange poſſede:
Sortez du plus creux du tombeau,
Vous, Reyne à qui l'Egypte a ſeruy de berceau;
Et venez confeſſer qu'Amarillis vous paſſe:
Si pour n'accroiſtre pas la pompe de Ceſar,
Vous cherchaſtes la mort auecque tant d'audace,
Voſtre Ombre toutefois peut bien ſuiure ſon Char.

C'eſt vne choſe ſans pareille,
Et loin de luy rien comparer,
Le monde la doit adorer,
Puis qu'elle eſt de nos jours la plus belle merueille;
Il faut que comme aux immortels
On luy dreſſe par tout de ſuperbes Autels,
Qu'elle aille de ſon Char au Temple de Memoire,
Et que l'illuſtre rang qu'elle doit y tenir,
Soit ſi haut éleué, ſi digne de ſa gloire,
Qu'elle triomphe encor des ſiecles à venir.

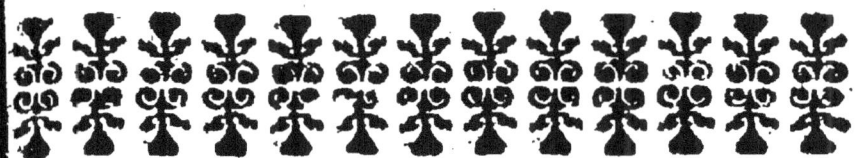

IVGEMENT DEFINITIF
sur vn Plaidoyer d'Amour.

NOus Amarillis qu'on reuere
Parmy les Peuples de Cithere,
Iuge des droicts du jeune Dieu
Que l'on adore dans ce lieu,
Sans nul delay ny surseance,
Voulons donner bréue Sentence
Dessus quelques poincts indecis
A la requeste d'Alexis,
Contre Climene qu'il accuse
De ne le payer que d'excuse.
Or d'autant que nous sçauons bien
Qu'elle ne manque pas de bien,
Qu'elle a du fonds à suffisance,
Des tresors de grande importance
Que nous auons veus & touchez,
Et mesme des tresors cachez.
    Nous ordonnons, comme equitable,
Puis que cette Belle est soluable,

G

Sans chicaner vn pauure Amant,
Qu'elle luy donne payement,
- Pour l'auenir voulons nous dire,
Car il pouroit bien en déduire
Les interests depuis six ans
Qu'il la poursuit à ses despens,
Et dans cette poursuite vaine,
Bien qu'il luy couste assez de peine,
De vœux, de larmes, de soûpirs,
Pour le ruiner en desirs:
Comme il est Homme raisonnable,
Ciuil, accort, doux, & traittable,
Sans suiure la rigueur des Loix,
Il luy pourra quitter ses droicts,
A tout le moins on se propose
Qu'il en rabattra quelque chose,
Mais à l'auenir il pourra
Se payer comme il luy plaira,
Sans que Climene ait la puissance
D'appeller de cette Sentence.

Si la cruelle encor cherchoit quelques moyens
Pour maintenir son heresie,
Alexis en ce cas pourra faire saisie
Sur le plus beau de tous ses biens.

POVR MADEMOISELLE
DE NORMANVILLE.

MADRIGAL.

VOus que charment les déplaisirs,
    Esclaues d'vn mal volontaire,
  Sujets du Prince de Cytere,
  Qui vous nourrissez de soûpirs;
Amans, si vous craignez vne peine infinie,
  Ne brûlez point pour Siluanie,
Le feu de ses beaux yeux ne s'éteint qu'au tombeau,
Ses regards sont mortels, détournez-en les vostres;
  Mais toutefois il est plus beau
De mourir pour ses yeux, que de viure pour d'autres.

POVR LA MESME.

MADRIGAL II.

Eunes Amours, ne pleurez pas,
Reprenez vos traits & vos armes,
La Reyne de tous les appas
S'en va reprendre tous ses charmes,
Le Ciel la rend à mes desirs
Comme il la rend à tous les vostres;
Elle va finir mes soûpirs,
Mais elle en fera naistre d'autres :
Quand ses yeux, ces flambeaux d'amour,
Auront repris vn nouueau jour,
Que ne pourront point leurs œillades?
Ha! ie croy de cette Beauté,
Que plus elle aura de santé,
Plus elle fera de Malades.

MADRIGAL III.

CE n'eſt point pour Liſis que ie verſe des larmes,
Il en eſt innocent, bienqu'il ait quelques charmes:
L'autheur de mes ennuis n'eſt pas mal auec vous;
    Sans le nommer, ie veux vous dire
Que vous auez grand tort de paroiſtre jaloux
    De celuy pour qui ie ſoûpire.

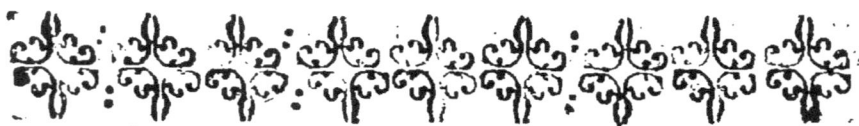

MADRIGAL IV.

NOn, ce n'eſt point Philis qui cauſe mon martire;
Et bien que la Beauté dont ie reſſens les coups.
Soit brune, jeune, & belle comme vous,
Ah! Melite, i'oſe vous dire,
Que voſtre Eſprit ne peut eſtre jaloux
De celle pour qui ie ſoûpire.

CHANSON I.

I'Ay juré mille fois de ne iamais aimer,
Et ie ne croyois pas que rien me pût charmer:
Mais alors que ie fis ce deffein temeraire,
Tircis, vous n'auiez pas entrepris de me plaire;
Ma raifon contre vous ne fait plus fon deuoir,
Et de l'Amour enfin ie connois le pouuoir.

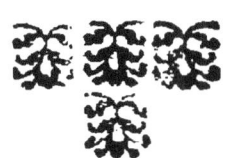

Helas! de mon erreur trop tard ie m'apperçois,
Ie penfois que ce Dieu ne rangeât fous fes loix
Que ceux qui de fes traits fçauent mal fe defendre;
Mais ie fens que mon cœur malgré moy fe va rendre,
Ma raifon contre vous ne fait plus fon deuoir,
Et de l'Amour enfin ie connois le pouuoir.

CHANSON II.

Laisse-moy soûpirer, importune raison,
   Laisse, laisse couler mes larmes,
Mes déplaisirs sôt doux, mes tourmés ont des charmes,
   Et i'aime ma prison:
Ah! puis qu'Amarillis me defend d'esperer,
Au moins en expirant laisse-moy soûpirer.

CHANSON III.

AV defaut de ma voix receuez mes foûpirs,
Ils vous diront, Tirfis, en leur langage,
Que fi le Ciel fecondoit mes defirs,
Ie vous donnerois dauantage.

CHANSON IV.

VOus ne m'attirez point par vos attraits charmans,
Beaux lieux où tant d'heureux Amans
Trouuent de douces auantures:
Ah! ie ne fonge point à chercher des plaifirs,
Et ie viens feulement fous vos ombres obfcures
Entretenir ma peine, & cacher mes foûpirs.

*Fin des Poëfies de Madame
la C. de la Suze.*

LE LIBRAIRE
AV LECTEVR.

Voyant que les Ouurages de Madame la Comtesse de la Suze ne pouuoient faire qu'vn Volume fort mediocre ; i'ay crû, mon cher Lecteur, que pour l'augmenter, i'y pouuois joindre les Maximes & l'Almanach d'Amour, de la composition de Monsieur le Comte de B. R. que i'ay tirez du Deuxiéme & Cinquiéme Tomes du Recueil des Pieces en Prose. I'espere que vous trouuerez ce choix fort agreable.

MAXIMES

D'AMOVR·

MAXIMES D'AMOVR.

POVR LES FEMMES.

Aimez, mais d'vn amour couuert,
Qui ne soit iamais sans mystere;
Ce n'est pas l'amour qui vous perd,
C'est la maniere de le faire.

POVR LES HOMMES.

SI vous voulez rendre sensible
L'objet dont vous estes charmé,
Pourueu que dans le cœur il n'ait rien d'imprimé,
La recepte en est infaillible,
Aimez, & vous serez aimé.

Siluandre dans l'incertitude
Quell'il aimeroit mieux, la Coquette, ou la Prude,
Et ne pouuant enfin se resoudre à choisir,
Me demanda quelle victoire
Seroit plus selon mon desir.
Voulez-vous, luy dis-je, me croire?
La Prude donne plus de gloire,
La Coquete plus de plaisir.

L'hyperbole plaist aux Amans,
Tout est siecle pour eux, ou bien tout est momens,
Et iamais au milieu leur calcul ne demeure;
Ils vont tous dans l'extremité,
Ils disent que leur bien ne dure qu'vn quart-d'heure,
Et leur mal vne eternité.

Quand vous aimez passablement,
On vous accuse de folie;
Quand vous aimez infiniment,
Iris, on en parle autrement,
Le seul excez vous justifie.

❧

Pour eſtre vne Maiſtreſſe aimable,
Il faut que voſtre flame augmente nuit & jour,
   Et l'excez ailleurs condamnable,
   Eſt la meſure raiſonnable
   Que l'on doit donner à l'Amour.

❧

   Vous me dites que voſtre feu
   Eſt aſſez grand, belle Climene,
   Vous ignorez donc, Inhumaine,
   Qu'en Amour aſſez eſt trop peu:
   Cependant la choſe eſt certaine,
Et ſi ſur ce chapitre on croit les mieux ſenſez,
Quand on n'aime pas trop, on n'aime pas aſſez.

❧

   Vne Maiſtreſſe à ſon Amant,
Encor que quelques-vns en parlent autrement,
Doit de tous ſes ſecrets vn entier ſacrifice,
   Et lors qu'vn de ſes Amis ſçait
   Qu'elle a découuert ſon ſecret,
   Il faut qu'il ſe faſſe juſtice,
   Quand on ſe donne, il doit juger
   Qu'on n'a plus rien à ménager.

Amans, qui prenez mes leçons,
Ne vous donnez iamais ny craintes, ny foupçons:
On n'aime pas long-temps alors qu'on fe défie:
Mais fi l'vn de vous deux vous fembloit moins aimer,
Quittez le plutoft là, que par fa jaloufie
      Vouloir le renflamer.

S'il arriue dans vos abfences
Des fujets d'éclairciffement,
Amans, faites vos diligences
A vous éclaircir promptement:
Mais fi vous n'ofez pas librement vous écrire,
Iufqu'à voftre retour il faut là tout laiffer,
      Plutoft que de ne pas tout dire,
      Et par là vous embaraffer.

Alors qu'vn commerce amoureux
Finit enfin auec rudeffe,
Si l'Amant, du temps de fes feux,
A fait des dons à fa Maiftreffe,
Il ne doit rien redemander,
Ny la Maiftreffe rien garder.

L'Amant qui quitte sans raison,
Doit le secret à sa Maistresse;
Elle aussi luy doit du poison:
Mais si c'est elle qui le laisse,
Il peut tout dire, & tout montrer,
En vn mot la des-honorer.

est vouloir, pour parler en langue vn peu cõmune,
   Prendre la Lune auec les dents,
   Que de vouloir en mesme temps
   Faire l'amour, & sa fortune.

   C'est tout ce que l'Amour peut faire,
durer pour Iris, quand il est bien conduit:
is bien que quelques-vns nous disent le contraire,
   Qui le partage, le détruit.

ncertitude est le plus grand des maux,
   Quand vous aurez sur vostre affaire
   Vn éclaircissement à faire,
qu'à ce qu'il soit fait, n'ayez point de repos.

Encor qu'il foit prefqu'impoffible
D'eftre d'vn mefme objet toûjours fort amoureux,
Il faut pourtant, pour eftre heureux,
Alors que l'on deuient fenfible,
Il faut, & c'eft vn grand fecours,
Croire qu'on aimera toûjours.

Quand vn Riual vous preffe,
Et vous fait trop de mal,
C'eft contre vne Maiftreffe
Qu'il faut eftre brutal,
Et non contre vn Riual.

Pour moy ie veux en ma Maiftreffe
La derniere delicateffe,
Ie fuis fur ce fujet de l'aduis de Cefar;
Et ce n'eft pas affez, Tirfis, à mon égard,
Qu'elle foit bien moriginée,
Ie ne veux pas encor qu'elle foit foupçonnée.

Il faut qu'vne Maiftreffe honnefte
Ait pour eftre felon mon cœur
De l'emportement tefte à tefte,
Par tout ailleurs de la pudeur;
Que les apparences foient belles,
Car on ne juge que par elles.

Qui me vendra la derniere faueur,
    N'aura iamais mon cœur;
ais apres auoir eu des faueurs de Carite,
    Par la force de mon merite,
    Si cette Belle auoit befoin
    Ou de mon bien, ou de ma vie,
    Ie n'aurois pas de plus grand foin
    Que de contenter fon enuie;
s Amans fur le bien font comme des Chartreux,
    Tout doit eftre commun entr'eux.

Quand de m'écrire ie vous preffe
u'Amour en ma faueur vous retient fous fes Loix,
    Vous me dites auec rudeffe
    Que vous m'auez dit mille fois

Tout ce que dit vne Maiſtreſſe
Que l'Amour a miſe aux abois:
Mais ne ſçauez-vous pas, Comteſſe,
Que dans les Billets doux on trouue vne tendreſſe
Qu'on ne trouue point dans la voix?

Vous deuez à voſtre conduite
Des ſoins qui me ſont ſuperflus;
Quand on dit que i'aime Carite,
Ie vous gueris l'eſprit en ne la voyant plus:
Mais quand le monde dit que vous aimez Timante
Vous me montrez en vain que vous eſtes innocente,
Si le monde n'en voit autant,
Ie ne puis pas eſtre contant.

Tant que ſás eſtre aimez nous ne ſommes qu'Amans
C'eſt à nous à ſouffrir mille & mille tourmens:
Mais apres que noſtre Maiſtreſſe
A pris pour nous de la tendreſſe,
Tous les ſoins doiuent eſtre égaux,
De meſme que les biens on partage les maux.

Ie fuis furpris, ie le confeffe,
Alors que ie vois vn Amant
S'appliquer auffi fortement
A fes Chenaux qu'à fa Maiftreffe,
Et les aimer également;
On eft bien ridicule, alors qu'on fe propofe
D'auoir le jeu, l'amour, & la guerre en l'efprit:
Ie fçay bien qu'en aimant il faut faire autre chofe,
Mais tout (hormis l'amour) par maniere d'acquit.

A fon Amant accorder la requefte,
Eft vne chofe fort honnefte;
Mais pour augmenter fon plaifir,
Il faut fouuent le preuenir;
Car ie fouftiens deuant toute la terre,
Que l'on ne fe fait point valoir
En amour, non plus qu'à la guerre,
Quand on ne fait que fon deuoir.

Alors que vous vous parlerez,
Dans tout ce que vous vous direz,
Amans, pas vn mot de rudeſſe,
Ny dans voſtre ton point d'aigreur;
L'amour ſubſiſte par tendreſſe,
L'amour s'entretient par douceur.

Si vous voulez, Iris, que voſtre affaire dure,
Ne vous relâchez point dans la proſperité;
Et pour amuſer la Nature
Qui ſe plaiſt à la nouueauté,
Recommencez vos ſoins juſques aux bagatelles;
En amour (c'eſt la verité)
Les recommencemens valent choſes nouuelles.

L'Amour ne perd rien de ſes droits,
On luy doit aux adieux des ſoûpirs & des larmes;
Et quand deux Amans quelquefois
Se ſont en ſe quittant déguiſé leurs alarmes,
Il tire en redoublant leurs mortels déplaiſirs,
Vn tribut plus amer de pleurs & de ſoûpirs.

Ie

Ie ne dis pas, Iris, qu'vn Amant délicat
Rompt auec fa Maiftreſſe, & meſme auec éclat,
Lors que pour ſon Riual l'infidelle ſoûpire,
    Cela s'en va ſans dire:
Mais ſi ſans fondement tout le monde en médit,
    Encor que ſon Amant conneſſe
    L'injuſtice de ce faux bruit,
    Il ſent que ſa délicateſſe
    Le force à quitter ſa Maiftreſſe.

Ie ne veux pas, Amans, que ſans ceſſe on ſoûpire,
Mais lors qu'vn grand amour a bien ſurpris vn cœur,
L'air bruſque luy déplaiſt, & les éclats de rire,
Et ſon veritable air eſt celuy de langueur.

Tous les temperamens ſont propres à l'amour,
Mais à la verité les vns plus que les autres,
Amans pleins de langueurs, ne chágez pas les voſtres,
Auec les gens de feu, vous perdriez au retour:
De ceux-cy la chaleur a plus de violence,
Mais d'ordinaire ils ont moins de perſeuerance,

D

Et quand ils aimeroient auſſi fidellement,
Toûjours font-ils l'amour moins agreablement;
Si bien qu'ils tâcheront de changer leur nature,
Et prendre afin de plaire en de certains momens,
De la langueur au moins le ton & la figure,
Alors que teſte à teſte ils feront les Amans.

Vn honneſte Maiſtreſſe, & qui taſche de plaire,
 Eſt ſur toute choſe ſincere;
 Elle craint plus lors qu'elle ment,
 D'eſtre ſoy-meſme ſa partie,
 Que de déplaire à ſon Amant,
 S'il la prenoit en menterie.

Qui ment à ce qu'il aime, eſt fort mal à ſon aiſe,
S'il n'a point à l'honneur encor tourné le dos:
Les vrais Amans qui font choſe mal à propos,
 Sont ſujets à la ſindereſe,
 Auſſi bien que les vrais deuots.

Vne honneſte Maiſtreſſe aime la verité,
Et prend toûjours plaiſir à la ſincerité:
Mais ſi pour s'excuſer aupres de ce qu'elle aime,
Elle parle vne fois moins veritablement,
    Elle craint plus en ce moment
    Ce qu'elle ſe dit à ſoy-meſme,
    Que ce que luy dit ſon Amant.

    Ie ſuis contre ce ſentiment,
    Qu'on ne voit point de ſage Amant;
    On peut fort bien alors qu'on aime,
    Auoir encor de la raiſon:
Mais alors qu'en tous lieux, & qu'en toute ſaiſon,
    La prudence eſt extréme,
    L'amour n'eſt pas de méme.

La longue abſence en amour ne vaut rien,
Mais ſi tu veux que ton feu s'éterniſe,
Il faut ſe voir, & quitter par repriſe,
    Vn peu d'abſence fait grand bien.

D ij

L'Amour égale ſous ſa Loy
La Bergere auecque le Roy,
Si-toſt qu'il en fait ſa Maiſtreſſe,
Si-toſt qu'il ſe peut engager,
La Bergere deuient Princeſſe,
Ou le Prince deuient Berger.

Il faut voir ſouuent ſa Maiſtreſſe
Loin des témoins, hors de la preſſe,
Mais en public fort rarement,
Et voicy mon raiſonnement:
Si ſa flame a trop de lumiere,
Le Mary la voit, ou la Mere,
Et ce malheur peut eſtre grand:
Si ſon air eſt indiferend,
On croit toûjours qu'en cette Belle
L'indiference eſt naturelle.

Ie conſentirois qu'vne Dame,
Dont le cœur ſeroit plein d'amour,
Fiſt des auances de ſa flame,
Pourueu qu'elle euſt juſqu'à ce jour
Eſté fiere à toute la Cour;
Mais ie la tiendrois pour infame,
Si d'autresgens auoient déja touché ſon ame.

Alors que tu viens voir Califte,
Tu luy parois toûjours contant;
Cependant il eft tout conftant,
Que qui dit amoureux, dit trifte.
Prens donc vn air plus ferieux,
Fais voir ton amour dans tes yeux;
Car tant que l'on te verra rire,
On ne croira iamais que tu defire.

Vous voulez qu'on vous trouue belle;
Cependant vous eftes cruelle,
On ne fçauroit vous enflamer,
Ie ne vous crois pas trop fincere;
Car enfin lors que l'on veut plaire,
C'eft figne que l'on veut aimer.

Si vous voulez rompre vos chaifnes,
D'accord auecque voftre Amant;
Vous le pouuez fort aifément,
Sans fouffrir, ny donner de peines:
Mais fi vous feule auez deffein,
Par dépit, ou par laffitude,
De vous tirer l'amour du fein,

Iris, il y faut de l'étude,
Faites naiſtre quelque embarras,
Changez-vous, de peur d'vn fracas,
En diſeuſe de patenoſtres,
Mais ſur tout qu'il ne penſé pas
Que vous l'abandonniez pour d'autres.

Iris, les honneſtes Maiſtreſſes
Traittent d'vn plus grand ſerieux
Ceux qui leur ont offert des vœux,
Que ceux qui n'ont point eu pour elles de tendreſſes;
Car des ciuilitez pour les indiferens,
Sont des faueurs pour les Amans.

Alors qu'vn Amant vous écrit,
Dont vous mépriſez la conqueſte,
Vous croyez eſtre fort honneſte
De luy mander que ce qu'il dit
Ne fait que vous rompre la teſte:
Apprenez que c'eſt vne erreur,
Et qu'en de telles conjonctures,
Iris, c'eſt faire vne faueur,
Que de répondre des injures.

Ie craindrois fort vne Maiſtreſſe
Dont la fauſſe délicateſſe,
Et le cœur trop remply d'amour,
Me tourmenteroit nuit & jour:
C'eſt vn grand bourreau de la vie,
Que l'excés de la jalouſie,
Mais ie tiens qu'on ſeroit encor plus tourmenté
De l'extréme tranquilité.

Chacun aime à ſa guiſe,
Adorable Beliſe,
L'vn veut aimer, mais chaſtement,
L'autre ſans s'attacher veut de l'emportement;
Tous ces gens-là prennent l'amour à gauche,
Et luy donnent vn méchant tour;
Il ne faut pas aimer pour la ſeule débauche,
Beliſe, il faut meſler la débauche à l'amour.

Si vous voulez nos cœurs juſqu'à l'eternité,
Et ne trouuer iamais la fin de nos tendreſſes,
Faites-vous bien valoir par la difficulté;
Car ce qui fait durer nos feux pour nos Maiſtreſſes,
C'eſt la peine & le temps qu'elles nous ont couſté.

Amans qui n'auez pas de charmes,
Alors qu'il vous faut exprimer,
Si vous voulez vous faire aimer,
Apprenez à verser des larmes;
Qui pleure quand il faut des pleurs,
En amour est maistre des cœurs.

Lors que deux vrais Amans se sont trouuez aimables,
Rien de leur passion ne les peut affranchir;
Deuenir laids, Iris, deuenir miserables,
Tout cela ne fait que blanchir.

Soit en amour, ou bien en mariage,
Alors que l'on s'est raproché,
Apres quelque petit voyage,
Le cœur n'en est pas plus touché,
Mais les sens le sont dauantage.

Lors qu'vn Amant au bout de quelque temps
Reuoit l'objet qui rend ses vœux contens,
Ie vous apprens, Iris, mais qu'il ne vous déplaise,
Qu'il n'a pas dans le cœur de plus fortes amours,
Mais qu'il est mille fois plus aise,
Que s'il le voyoit tous les jours.

FIN.

ALMANACH D'AMOVR,

Pour l'An de Grace 1665.

PAR LE GRAND OVIDE
Cypriot, Speculateur des Ephe-
merides Amoureuſes.

Aux Remarques duquel ſe verront choſes
merueilleuſes qui arriueront cette Année.

DEDIE' A CVPIDON.

ALMANACH D'AMOVR,
pour l'An de Grace 1665.

DEpuis la Naiſſance de l'Amour, ſelon
la vraye ſupputation des anciens Phi-
loriographes, l'on compte cinq mille ſix
cens ſoixante & cinq ans.

L'on croiroit en voyant l'Amour peint en enfant,
Qu'il eſt né depuis peu de la Fille de l'Onde;
Toutesfois il eſt tres-conſtant,
Qu'il eſt auſſi vieux que le Monde.

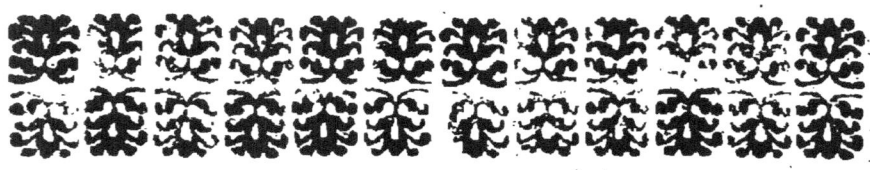

LE Nombre d'Or en Amour ne se peut définir.

La dépense en Amour ne se pouuant regler,
L'on ne sçauroit aussi précisement parler
Du fonds qu'il est besoin d'auoir en ce commerce;
Quiconque sans Amour peut dire auoir du bien,
En eust-il beaucoup plus que le Sophy de Perse,
Quand il deuient Amant, alors il n'a plus rien.

LA Lettre Dominicale eſt le C. On ne
met point de Cicle Solaire, ny d'Epacte;
en Amour l'on compte bien d'vne autre
maniere.

> L'hyperpole plaiſt aux Amans,
> Tout eſt ſiecle pour eux, ou bien tout eſt momens,
> Et iamais au milieu leur calcul ne demeure;
> Ils vont tous dans l'extremité,
> Ils diſent que leur biẽ ne dure qu'vn quart d'heure,
> Et leur mal vne eternité.

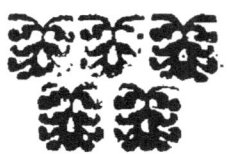

POur les Quatre-Temps , il n'y en a
point en Amour.

Car les Amans le plus souuent
Ne se repaissans que de vent,
Le Dieu d'Amour sur l'abstinence
N'a point encor fait d'ordonnance.

EN Amour, il n'y a ny Festes, ny Dimanches.

Soit qu'en Amour, de l'esperance
L'on gouste les appas flateurs;
Soit que dedans la joüissance
L'on ait de solides douceurs,
Vn Amant pour se satisfaire
A toûjours quelque chose à faire.

Les douze Signes d'Amour.

Les Soûpirs.
La Pâleur.
Le Respect.
L'Inégalité.
La Resverie.
La Prodigalité.
La Langueur.
La Temerité.
La Solitude.
La Propreté.
L'Inquietude.
Les Veilles.

Mois de l'Année d'Amour.

Visite.
Complaisance.
Declaration.
Assiduité.
Esperance.
Tendresse.
Possession.
Attachement.
Soupçon.
Ialousie.
Dépit.
Indiference.

Temps pour joüir de ses Amours.

PAr l'Ordonnance du Conseil de Cypre, il est permis à toutes personnes passionnées, de receuoir la derniere faueur, excepté depuis le premier d'Indiference, iusqu'au dernier de Tendresse inclusiuement.

VISITE.

Oroondate.
Satira.
Lifimacus.
Parifatis.
Spitridate.
Roxane.
Araxes.
Melite.
Arface.
Taleftris.
Melinte.
Ariane.
Artaban.
Brifeis.
Timarette.
Hianifbe.

Premier quartier
d'Amour.
*Honny foit qui mal y
penfe.*

Pleine Amour.
Deffein fur vne Place.

Alcidon.
Elife.
Lygdamis.
Leriane.
Terfandre.
Life.
Maffiniffe.
Laure.
Polemon.
Rofanire.
Filadelfe.
Ameftris.
Pâris.
Enone.
Pan.

Dernier quartier
d'Amour.
Apr eft pour vn Siege.

Nouuelle Amour.

COMPLAISANCE.

Maufole.
Artemife.
Renaud.
Armide.
Ferragus.
Ifabelle.
Aftolfe.
Melinde.
Gradaffe.
Lucine.
Soliman.
Lidie.
Coriolan.
Caffandre.
Polidor.
Epicaris.

Premier quartier
d'Amour.
Defirs en Campagne.

Pleine Amour.
Maux de Cœur.

Orante.
Dorimene.
Siluandre.
Diane.
Hilas.
Philis.
Floridor.
Aminte.
Tirſis.
Siluie.
Cirus.
Mandane.

Dernier quartier
d'Amour.

Raiſon ſurpriſe.

Nouuelle Amour.

DECLARATION.

Polexandre.
Alcidiane.
Rodrigue.
Chimene.
Filinte.
Cloris.
Tancrede.
Clorinde.
Celadon.
Aftrée.
Aglatidas.
Doralife.
Agatirfe.
Meliffe.
Trafibule.
Clarice.

Premier quartier d'Amour.
La peur hors de faifon.

Pleine Amour.
L'occafion perduë ne fe peut recouurer.

Teagene.
Chariclée.
Artabafe.
Amarante.
Arimant.
Stratoniee.
Beliſſaire.
Alcine.
Filoſtrate.
Beatrix.
Agramante.
Gabrice.
Brunel.
Druſille.
Rodomont.

Dernier quartier
d'Amour.
Entreprtſe découuerte.

Nouuelle Amour.

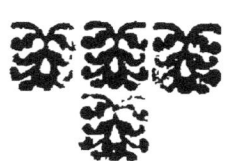

ASSIDVITE'.

Roland.
Olimpie.
Zerbin.
Prasimene.
Pinabel.
Vranie.
Ergaste.
Nerine.
Alfée.
Dorinde.
Mirtille.
Amarillis.
Dametas.
Belise.
Nicandre.
Aretuse.

Premier quartier
d'Amour.
Importuns par tout.

Pleine Amour.
Fleurettes debitées.

E

Coridon.
Acidalie.
Arcas.
Corinne.
Adonis.
Venus.
Atis.
Aſterie.
Amphitrion.
Antiope.
Annibal.
Clitie.
Hercule.
Campaſpé.

Dernier quartier
d'Amour.
*Bien attaqué, bien de-
fendu.*

Nouuelle Amour.

ESPERANCE.

Aceon.
Circé.
Teſée.
Calliope.
Dafnis.
Danac.
Ænée.
Didon.
Perſée.
Andromede.
Agenor.
Europe.
Phinée.
Egine.
Endimion.
Socratine.

Premier quartier
d'Amour.
Souspirs ſoufferts.

Pleine Amour.
Fleurettes écoutées.

E ij

Orphée.
Euridice.
Soliman.
Ganimede.
Tantale.
Galetée.
Cephale.
Laurore.
Hippolite.
Phedre.
Narciffe.
Iris.
Siphax.
Sophonifbe.
Aftianas.

Dernier quartier
d'Amour.
*Mieux receu que les
autres.*

Nouuelle Amour.

TENDRESSE.

Minos.
Policrite.
Dedale.
Paſiphac.
Phaëton.
Porcie.
Vliſſe.
Peneloppe.
Leandre.
Hero.
Ninus.
Semiramis.
Zephire.
Flore.
Pelée.
Tetis.

Premier quartier
d'Amour.
Inquietudes partagées.

Pleine Amour.
Vnion de Cœurs.
E iij

Pirame.
Tisbée.
Cypariffe.
Hermione.
Hector.
Stelle.
Achille.
Philomene.
Diomede.
Oritie.
Iason.
Medée.
Romule.
Procris.

Dernier quartier
d'Amour.
Place aux abois.

Nouuelle Amour.

POSSESSION.

Cinire.
Mirre.
Chiron.
Pasiphac.
Alidor.
Corisque.
Bagouas.
Andromede.
Medor.
Angelique.
Apollon.
Dafné.
Abindaraés.
Barsine.
Bajaset.
Roxelane.

Premier quartier
d'Amour.
Place renduë.

Pleine Amour.
Victoire sanglante.
E iiij

Giton.
Geloniſſe.
Mandricar.
Cleopatre.
Roger.
Bradamante.
Dorante.
Nelinde.
Cleagenor.
Bacchis.
Liſande.
Caliſte.
Caſtelar.
Briſeis.
Argant.

Dernier quartier d'Amour.

Accord & ſerment de conſeruer les Priuileges de la Place.

Nouuelle Amour.

ATTACHEMENT.

Nerée.
Hebé.
Caune.
Biblis.
Hiante.
Iphis.
Apollon.
Hyacinte.
Hippomene.
Atalante.
Protée.
Hesione.
Amphion.
Alcione.
Tiridate.
Polixene.

Premier quartier
d'Amour.
Mariage de Cœur.

Pleine Amour.
La Couſtume eſt vne ſe-
conde nature.

E v

Troile.
Liuie.
Policlete.
Æmilie.
Euandre.
Fuluie.
Vrface.
Eudoxe.
Olicarfis.
Camille.
Curiace.
Iulie.
Erafte.
Dorice.
Philandre.

Dernier quartier d'Amour.

Pluftoft mourir que changer.

Nouuelle Amour.

SOVPÇON.

Pimante.
Doris.
Geronte.
Celidée.
Damon.
Florice.
Pollux.
Celie.
Alcandre.
Cleone.
Rodrigue.
Chimene.
Philarque.
Rosine.
Achillas.
Eluire.

Premier quartier
d'Amour.
Dame aimée de plusieurs.

Pleine Amour.
Peu de sincerité.

E vj

Charmion.
Cornelie.
Tarquin.
Lucrece.
Didime.
Cleobuline.
Timagene.
Laonice.
Crispe.
Leontine.
Araspe.
Lirispe.
Leonor.
Rodelinde.

Dernier quartier d'Amour.

Incertitude causera des langueurs.

Nouuelle Amour.

IALOVSIE.

Artaban.
Arſinoë.
Adalas.
Filomene.
Candace.
Eliſe.
Agrippa.
Cephiſe.
Ceſarion.
Vrione.
Britomare.
Lindamire.
Coriolan.
Erice.
Marcel.
Cypaſſis.

Premier quartier
d'Amour.
Coquetterie en regne.

Pleine Amour.
Tourmens de Teſte.

Ariamene.
Iulie.
Cilius.
Mandane.
Merodate.
Menalippe.
Tiridate.
Amaltée.
Tigrane.
Alcmene.
Alcimedon.
Emilie.
Orofmane.
Tullia.
Cinna.

Dernier quartier
d'Amour.
Action prife en mauuaife part.

Nouuelle Amour.

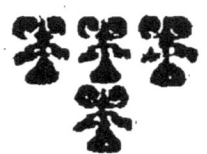

DEPIT.

Polemon.
Octauie.
Ptolomée.
Marcia.
Ariſte.
Arteſie.
Timante.
Partenie.
Callierate.
Amaxite.
Polidamas.
Palmis.
Philoxippe.
Amaſis.
Leonridas.
Laodice.

Premier quartier
d'Amour.
Doutes mieux éclaircis.

Pleine Amour.
*Plus de colere que
d'Amour.*

Secoſtris.
Edeſie.
Hydaſpe.
Arpalixe.
Criſante.
Cleoxene.
Andiamite.
Candiope.
Gobrias.
Cydippe.
Gadate.
Parmenide.
Traſimede.
Pantée.

Dernier quartier
d'Amour.
Deſſein de rupture.

Nouuelle Amour.

INDIFFERENCE.

Menecrate.
Anaxilée.
Crefus.
Cleonice.
Mexaris.
Marrefis.
Artefilas.
Ariante.
Abradate.
Cleodore.
Perinte.
Leonice.
Cambife.
Cillenife.
Orfane.
Menafte.

Grande Eclypfe
d'Amour fondée fur
Tromperie manifefte.

Hermogene.
Anatife.
Socide.
Stesilée.
Otane.
Alcidamie.
Artemon.
Arbiane.
Antigene.
Alcionide.
Arion.
Liriane.
Teanor.
Atergatis.
Hyparche.

Ensuite.
Changement considerable.

Enfin.
Mort d'un Grand.

Prédiction Generale pour l'Année 1665.

Sermens, chaleurs, plaisirs, tendresses, rendez-vous,
Inconstance, fracas, guerres, poisons, courroux,
Dans l'Empire d'Amour se verront cette année;
Tel qui brule aujourd'huy pour vn objet charmãt,
Demain ne verra pas la fin de la journée,
Sans auoir tout à fait changé de sentiment.

Les changemens en Amour sont si ordinaires, qu'il ne faut pas voir fort clair dans l'auenir, pour prédire qu'il y en arriuera; neantmoins il y en arriuera tant cette année, & de si considerables, que depuis dix lustres on n'en a point tant veu. Des gens qui n'aimoient rien, & qui paroissoient insensibles, aimeront fort. D'autres qui aimoient fort, & qui deuoient toûjours aimer, seront ingrats & inconstans : Il y en aura mesmes qui aimeront, qui n'aimeront plus, & qui recommenceront d'aimer, mais de qui cette reprise d'Amour ne sera qu'vn feu de paille. Quelques-vns qui viuront long-temps, aimeront iusqu'au tombeau.

Des Eclypſes d'Amour.

IL y aura tant d'Eclypſes cette Année, que la ſupputation ne s'en peut faire juſtement, meſmes par les plus exacts Aſtrologues d'Amour ; mais les plus remarquables, & qui préſageront les plus grands malheurs, arriueront en Ialouſie, Dépit & Indifference.

De ces Eclypſes amoureuſes,
La pluſpart ſeront dangereuſes ;
Les Amans ſe broüilleront fort,
Et n'auront autre choſe à dire,
Sinon qu'en l'amoureux Empire
Tous les abſens ont toûjours tort.

La Canicule d'Amour, commencera le 22. de Poſſeſſion, iuſques au 22. d'Attachement.

Prédictions sur les Quatre Saisons de l'Année 1665.

DE L'HYVER.

L'Hyver d'Amour sera fort rude
Pour vieilles gens, cœurs endurcis;
De froideurs & d'ingratitude.
Sont menassez les Amoureux transis.

Les froideurs cét Hyuer seront insuppor-
tables, & les feux des vieux Amans ne pouront iamais fondre la glace des jeunes
cœurs de leurs Maistresses.

DV PRINTEMPS.

Dans le Printemps d' Amour on voit tout refleurir,
Tout promettre des biens d'eternelle durée;
Mais l'on voit aussi-tost ces biens s'éuanoüir,
Et malgré l'amitié jurée,
Tirsis ayant perdu le souuenir d'Astrée,
La planter là pour reuerdir.

Ce Printemps nous fait voir les plus
beaux commencemens du monde, mais le
beau temps ne durera pas, la Saison estant
de soy fort inégale, & disposant les hu-
meurs à donner tout sans reflection, & puis
à rompre sans sujet.

DE L'ESTE'.

La chaleur de cette Saifon
Fait bien-toft meurir la raifon;
Et donnant aux Amansbeaucoup plusdeprudence,
Leur donne auffi plus de conftance.
Mais garde quelque méchant tour;
Ils ont l'ame infolente & vaine,
Et d'ailleurs à force d'amour,
Souuent ils attirent la haine.

Dans la Canicule le Soleil donnant à plomb fur la tefte des A mans , caufera des imprudences fort nuifibles, & de violentes apprekenfions de perdre les cœurs.

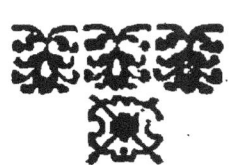

DE L'AVTOMNE.

Dans l'Autõned' Amour on gouste mieux le fruit,
On a le sang moins chaud, & plus d'experience;
Si l'on est satisfait, on a de la constance,
Et si l'on ne l'est pas, on rompt sans aucun bruit.

L'Automne d'Amour sera fort abondant
en fruits qui se garderont long-temps; &
l'on verra des bons Chrestiens d'Amour,
n'estre point encor passez en Hyuer.

AMOVR SVR TOVT.

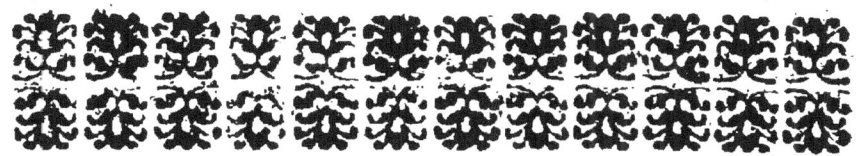

Les Iours Heureux ou Mal-heureux, reuelez par Cupidon au bon Syluandre.

LEs Iours heureux, font les Iours de Rendez-vous.

Les Iours malheureux, font ceux aufquels les Maris ou les Riuaux arriuent, lors qu'on ne les attend pas.

F

DE L'EQUINOXE.

IL n'y a pon t d'Equinoxe en Amour ; fi l'on eft content, les nuits font plus cour-tes que les jours ; fi l'on ne l'eft pas, elles font plus longues.

S'enſuiuent les Foires du Royaume d'Amour.

VN Aſtrologue moderne a fort bien dit.

L'argent peut tout, & fait tout chaque jour;
Et comme il eſt vn des nerfs de la Guerre,
Ie croy qu'il eſt vn des nerfs de l'Amour.

C'eſt vn fort grand commerce que celuy de l'Amour; il n'y a pourtant point de Foires que dans les ſix derniers Mois de l'Année, & particulierement en Hyuer.

Pour les lieux où elles ſe tiennent, il n'y en a point d'affectez, c'eſt par tout indifferemment.

Dans les Foires d'Amour, l'on trafique fort de Cœurs & de Libertez; mais les Marchands y ſont de mauuaiſe foy, & font comme les Bohemiens qui changent la piece : L'on donne toûjours ſon argent, & l'on n'a iamais la marchandiſe.

F ij

S'enfuit le moyen tres-necessaire & tres-vtile pour cueillir les fruits d'Amour.

Vous qui supposant trop de peine
A trouuer l'heure du Berger,
Ne voulez pas vous engager
Dessous les loix d'vne Inhumaine
Qui vous fasse apres enrager.
Si vous voulez rendre sensible
Quelque objet qui vous ait charmè,
Pourueu que dans le cœur il n'ait rien d'imprimè,
La recepte en est infaillible;
Aimez, & vous serez aimè.

FIN

Extrait du Priuilege du Roy.

PAr Grace & Priuilege du Roy, Donné à Paris le
douziéme jour d'Avril 1662, Signé, Par le Roy
en son Conseil, BOVCHARD, & scellé du grand
Sceau de cire jaune : Il est permis à Charles de
Sercy, Marchand Libraire à Paris, d'imprimer, ou
faire imprimer, vendre & debiter, neuf Volumes de
Poësies Choisies, & huit autres Volumes de Recueil
en Prose, conjointement ou separément, durant l'espace de quinze années, à commencer du jour que
chaque Volume sera acheué d'imprimer pour la premiere fois : Et defenses sont faites à toutes personnes
de quelque qualité & condition qu'elles soient, d'imprimer, faire imprimer, contrefaire, vendre & debiter lesdits Volumes, nyd'en rien extraire, sans la per-
mission & consentement dudit Exposant, ou de ceux
qui auront droict de luy, à peine aux contreuenans
de quatre mille liures d'amende, confiscation des
Exemplaires contrefaits, & de tous despens, dommages & interests, ainsi que plus au long il est porté
audit Priuilege.

Regiftré sur le Liure de la Communauté des Li-
braires & Imprimeurs de cette Ville de Paris, le 2.
May 1662. suiuant l'Arrest de la Cour de Parlement
du 8. Avril 1653. Signé, I. DV BRAY. Syndic,

Acheué d'imprimer pour la premiere fois,
le 3. Decembre 1665.
Les Exemplaires ont esté fournis.

www.ingramcontent.com/pod-product-compliance
Lightning Source LLC
Chambersburg PA
CBHW060813250626
47162CB00005B/1769